Du CP au CE1

# Les Légendaires

## Petites énigmes extraordinaires



Activités conçues par
Audrey Forest
Professeure des écoles

LAROUSSE

**Direction de la publication :** Carine Girac-Marinier
**Direction éditoriale :** Julie Pelpel-Moulian
**Mise en pages :** Emmanuelle Noël
**Fabrication :** Ombeline Canaud

Illustrations : shutterstock.com



ISBN : 978-2-03-600371-2

# LES LÉGENDAIRES

INTRÉPIDES, ILS ÉTAIENT LES CINQ JUSTICIERS LÉGENDAIRES, PROTECTEURS DU MONDE D'ALYSIA. RIEN NE POUVAIT LES ARRÊTER ! SANS RELÂCHE, ILS COMBATTAIENT LE SORCIER NOIR DARKHELL ET CONTRECARRAIENT SES PLANS VISANT À S'EMPARER DU MONDE. MALHEUREUSEMENT, PENDANT LEUR DERNIER AFFRONTEMENT CONTRE LE SORCIER, LES LÉGENDAIRES ONT FAIT UNE ERREUR, ET LA PIERRE DE JOVÉNIA A ÉTÉ BRISÉE ! TOUS LES HABITANTS DU MONDE D'ALYSIA SONT REDEVENUS DES ENFANTS. DEVENUS DES PARIAS, LES LÉGENDAIRES SE SONT SÉPARÉS.
MAIS DANAËL, LEUR CHEF, A ENTENDU PARLER D'UN MOYEN DE RAMENER L'ÉQUILIBRE... LES LÉGENDAIRES VONT DEVOIR REFORMER LEUR ÉQUIPE POUR SE FAIRE PARDONNER. PAS FACILE QUAND ON NE MESURE QU'1 M 30 !

MAIS DANAËL, JADINA, RAZZIA, SHIMY ET GRYF ONT PLUS D'UN TOUR DANS LEUR SAC...
CAR, APRÈS TOUT, HÉROS UN JOUR...

# Les Légendaires

**Danaël** est le leader des **Légendaires**. D'une grande noblesse d'esprit, ce chevalier du royaume de **Larbos** s'est fixé pour but dans la vie de combattre l'injustice partout dans le monde d'**Alysia**. Chose qu'il a toujours réussie jusqu'à présent grâce à ses compagnons et à son épée d'or forgée dans le monde elfique.

## Danaël

## Gryf

**Gryf** est le meilleur ami de **Danaël** et le plus courageux des **Légendaires**. Mais son courage s'accompagne d'un caractère impulsif qui lui attire souvent des ennuis. Ses griffes d'homme-bête sont des armes d'une grande efficacité qui peuvent entailler la roche.

JADINA EST PRINCESSE ET MAGICIENNE. SES PARENTS, ROI ET REINE, N'ONT JAMAIS VU D'UN BON ŒIL SES AVENTURES AUPRÈS DES LÉGENDAIRES. ELLE SERA D'AILLEURS BANNIE DE SON ROYAUME APRÈS "L'ACCIDENT JOVÉNIA" ET PERDRA SON TITRE DE PRINCESSE. JADINA EST UNE ENFANT GÂTÉE PARFOIS INSUPPORTABLE, MAIS D'UNE GRANDE INTELLIGENCE ET D'UN GRAND COEUR.

## JADINA

## RAZZIA

RAZZIA EST LE PLUS FORT DES LÉGENDAIRES. AUTREFOIS DOTÉ D'UN PHYSIQUE D'ATHLÈTE, L'"ACCIDENT JOVÉNIA" A REFAIT DE LUI L'ENFANT GRASSOUILLET QU'IL ÉTAIT DANS SA JEUNESSE. MAIS SA JOVIALITÉ LUI PERMET DE SURMONTER SES COMPLEXES ET IL RÉPOND TOUJOURS PRÉSENT LORSQUE SES AMIS ONT BESOIN DE LUI.

SHIMY EST UNE ELFE ÉLÉMENTAIRE, C'EST-À-DIRE QU'ELLE PEUT FUSIONNER AVEC LE FEU, L'EAU ET LA TERRE D'OÙ ELLE TIRE SES POUVOIRS. ELLE VIT LA PLUPART DU TEMPS DANS LE MONDE ELFIQUE, SANS CONTACT AVEC LE MONDE DES HUMAINS. SES SEULS AMIS SONT LES LÉGENDAIRES DONT ELLE FAIT PARTIE. SHIMY MONTRE TRÈS PEU SES SENTIMENTS ET PEUT SEMBLER FROIDE ET ANTIPATHIQUE.

## SHIMY

# Sommaire

# Sommaire par compétences

# Reformer l'équipe des Légendaires...

Après la destruction de la pierre de Jovénia, qui a agi sur tous les habitants d'Alysia et d'Astria, les Légendaires se sont malheureusement séparés. Chacun de leur côté, ils essaient de vivre au milieu d'habitants qui leur en veulent beaucoup d'être, eux aussi, redevenus des enfants.

Mais l'un d'eux, Danaël, compte bien reformer la fine équipe afin d'inverser le sortilège et espère réunir à nouveau les Légendaires.

PARVIENDRAS-TU À L'AIDER ? DANAËL COMPTE SUR TOI !

# La course de pomuts

ÉNIGME 1

Danaël participe au défi des pomuts… Il faut en attraper le plus possible, surtout ceux qui valent le plus de points. Voici la valeur des pomuts :

1 POINT — 5 POINTS — 10 POINTS

**Retrouve combien chaque participant a gagné de points et entoure le nom du gagnant :**

**Le garçon aux cheveux rouges :** 28

**Danaël :** 31

Le gagnant est : DANAËL et GRYF

Danaël vient de retrouver son premier acolyte. Le garçon aux cheveux rouges n'est autre que son vieil ami Gryf. Très heureux de ces retrouvailles, il décide de poursuivre son chemin avec lui.

# Les boules de flammes



Des boules de flammes apparaissent dans le ciel ! Danaël et Gryf sont terrorisés. D'où peuvent-elles bien venir ? Le girawa s'est volatilisé sous le bruit assourdissant. Gryf l'a retrouvé tout en haut d'un sapin.

**Pour savoir d'où viennent ces boules enflammées, colorie en rouge les boules contenant des mots se rapportant à la chaleur et en bleu celle qui contiennent des mots se rapportant au froid.**

Bravo d'avoir relevé le défi !

C'est Jadina, une autre de leurs anciennes acolytes, qui tentait d'allumer la cheminée avec ses pouvoirs. Elle se joindra elle aussi à eux pour la poursuite de leur chemin.

# Délivrer Razzia

ÉNIGME 1

Razzia se retrouve emprisonné. La petite troupe des Légendaires doit le sortir de là.

**Un cadenas ferme la porte. Il te suffira de résoudre ces calculs pour trouver le code secret.**
**À toi de jouer !**

| | |
|---|---|
| 9 - 4 + 2 = 7 | 2 + 7 - 5 = |
| 6 + 3 - 2 = 7 | 2 + 5 - 4 = |
| 5 + 4 - 8 = 1 | 6 - 3 + 4 = |
| 7 - 5 + 6 = | 8 - 7 + 4 = |
| 3 + 6 - 1 = 8 | 6 - 4 + 7 = |

**Code du cadenas :**

Razzia est enfin dehors. Merci de ton aide !

# L'île de Koléana

**ÉNIGME 1**

Gryf, Danaël, Razzia et Jadina ont fait une longue route à bord du célèbre bateau « Le dragon des mers ». Après bien des perturbations, ils arrivent enfin sur l'île de Koléana du monde elfique. Ils espèrent y retrouver Shimy, la dernière de leur bande. Elle essaie de venir à eux mais son père s'y oppose.

**Aide son lionfeu à traverser ces rochers en ne passant que par ceux dont le résultat est 10.**

Superbe !
Le lionfeu et Shimy ont réussi à rejoindre leurs amis.

# Les Légendaires enfin réunis

Danaël, Shimy, Gryf, Jadina et Razzia...
Grâce à toi, les cinq Légendaires sont enfin réunis et vont pouvoir tenter d'inverser la malédiction qui pèse sur eux et sur tous les habitants d'Alysia et d'Astria.
Leur quête est longue. Ils espèrent bien avoir à nouveau ton aide dans le futur.

SERAS-TU À LA HAUTEUR ?
PEUVENT-ILS COMPTER SUR TOI ?

# À la recherche de la pierre de Crescia

ÉNIGME 2

Danaël explique son plan à ses amis à présent réunis.
Il a réussi à mettre la main sur une carte localisant les différentes pierres.
Selon lui, s'ils parviennent à récupérer la pierre de Crescia, elle pourrait inverser les effets de la pierre de Jovénia et ainsi leur rendre leur vie passée.

# Un enfant en danger !

**ÉNIGME 2**

Un enfant appelle à l'aide au loin. Les Légendaires accourent pour lui venir en aide. C'est un troll qui l'attaque, et le garçon est en bien mauvaise posture !

**Aide Danaël à couper le fouet du troll en traçant à la règle des traits droits entre chaque point de même couleur.**

Bravo à toi ! Les Légendaires et toi venez de sauver le jeune Élysio, un enfant qui a perdu la mémoire lors du sortilège qui a frappé Alysia. Danaël lui a proposé de rester avec la troupe, et il a accepté.

# Des abeilles tueuses ?

**ÉNIGME 2**

Élysio et Gryf sont dans un champ quand soudain une énorme abeille apparaît derrière eux. Élysio dégaine son lance-pierre pour l'attaquer. Gryf essaie de l'en empêcher, mais en vain. L'abeille attaquée prévient ses amies et c'est une horde d'insectes qui s'en prend aux Légendaires.
Aide-les à les éviter pour parvenir à s'échapper.

**Associe les syllabes portées par les abeilles pour former le plus de mots possible.**

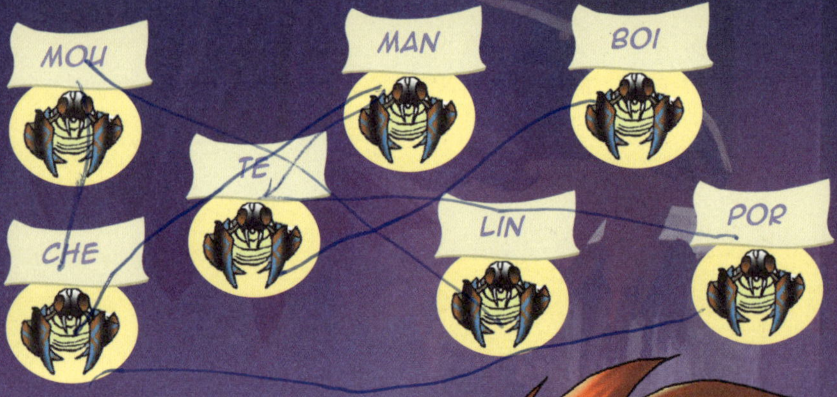


**Écris les mots que tu as réussi à former :**

MOUCHE
MANCHE
BOÎTE
MOULIN
PORTE
PORCHE

Les abeilles ont été ralenties. Les Légendaires ont un peu d'avance mais il faut vraiment qu'ils courent se cacher !

# Les fleurs maléfiques

ÉNIGME 2

Oh ! Un champ de fleurs géantes. Voilà une merveilleuse cachette ! Les Légendaires et Élysio se cachent sous leurs pétales. Les abeilles arrivent par centaines et sont bien contentes de pouvoir les butiner.
Mais ces fleurs ne semblent pas très naturelles, on dirait qu'elles sont magiques. Voilà qu'elles s'en prennent à nos aventuriers.

**Trouve deux fleurs dont les nombres additionnés font 10 et colorie-les de la même couleur.**

Hourra ! Quelle rapidité ! Tu es digne d'aider nos aventuriers dans leurs missions.

# Qui est vraiment Élysio ?

ÉNIGME 2

Une fois les fleurs anéanties, Élysio a eu une absence et se réveille au milieu des fleurs qui le vénèrent.
Mais qui est-il vraiment ?

**Aide Danaël à le découvrir en remettant ces mots dans l'ordre alphabétique :**

DINETTE - RUCHE - HISTOIRE - ARBRE - ESCARGOT - LIMONADE - KOALA - LOCOMOTIVE

1 ____________ 5 ____________
2 ____________ 6 ____________
3 ____________ 7 ____________
4 ____________ 8 ____________

**Écris la première lettre de chaque mot à la bonne place :**

_ _ _ _ _ _ _ _
2 1 8 5 4 3 6 7

Quelle découverte ! Les Légendaires sont stupéfaits !

# La révélation

Élysio est notre plus grand ennemi : Darkhell ! Celui qui est à l'origine du sortilège, de cette malédiction qui nous a à tous rendus notre enfance... Et il s'avère que maintenant il est amnésique... Il ne se souvient de rien...

NOUS AVONS DU PAIN SUR LA PLANCHE POUR PARVENIR À DÉTOURNER CE SORTILÈGE... ALLONS VITE REJOINDRE UNE NOUVELLE AVENTURE !

# Le repaire des Faucons d'Argent

ÉNIGME 3

Les Légendaires se retrouvent dans le repaire des Faucons d'Argent. L'un d'eux n'est autre que le frère de Danaël, Ikaël. Ils ont essayé de récupérer la pierre de Crescia aux mains du Gardien, mais ont été transformés en monstrueux serviteurs. Les Légendaires sont déterminés à triompher des épreuves du Gardien et ainsi mériter la pierre de Crescia.

# Ça se corse !

Énigme 3

Les Légendaires se retrouvent face à face avec le Gardien. Il leur explique qu'il y aura des épreuves éliminatoires. Si un seul d'entre eux réussit les épreuves, alors la pierre sera à eux. Mais le Gardien ajoute une difficulté pour corser les épreuves...

**Découvre laquelle en remettant ces phrases dans le bon ordre :**

allez Vous très devoir rapides. être

..............................................................................................................

parvenir Vous minutes pour au dix sommet. avez

..............................................................................................................

gardien Le sablier de minutes. ajoute dix un

..............................................................................................................

# Attention aux murs !

ÉNIGME 3

Lors de la première épreuve, les Légendaires doivent traverser un couloir sombre. Mais les murs se rapprochent ! Razzia a pensé à mettre des épées en travers pour gagner du temps.

**Entoure chaque épée de la bonne couleur :**

**Mots du passé :** (jaune)

**Mots du présent :** (bleu)

**Mots du futur :** (rouge)

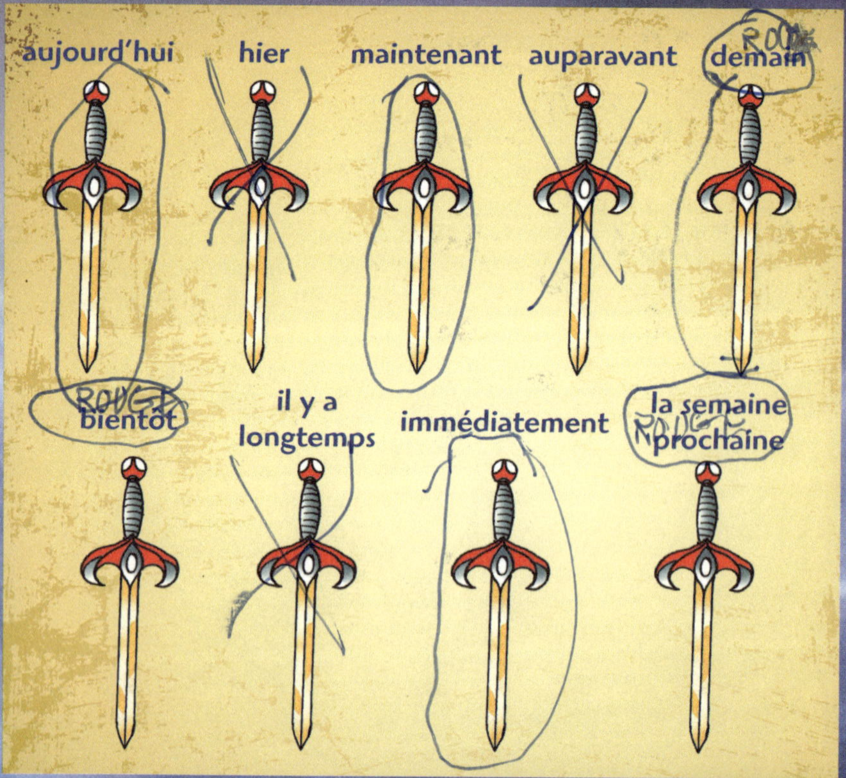


Bravo ! Les légendaires ont réussi à se sauver... Tous sauf Razzia qui est resté emprisonné...

# De feu et d'eau

**ÉNIGME 3**

Les Légendaires se retrouvent maintenant, pour la seconde épreuve, devant le piège du feu. Qui mieux que Shimy pour les aider dans cette aventure !
Elle permet à ses compagnons de passer en utilisant des trombes d'eau.

**Colorie les gouttes en comptant de 2 en 2 de 0 à 40 pour parvenir au bout du chemin.**

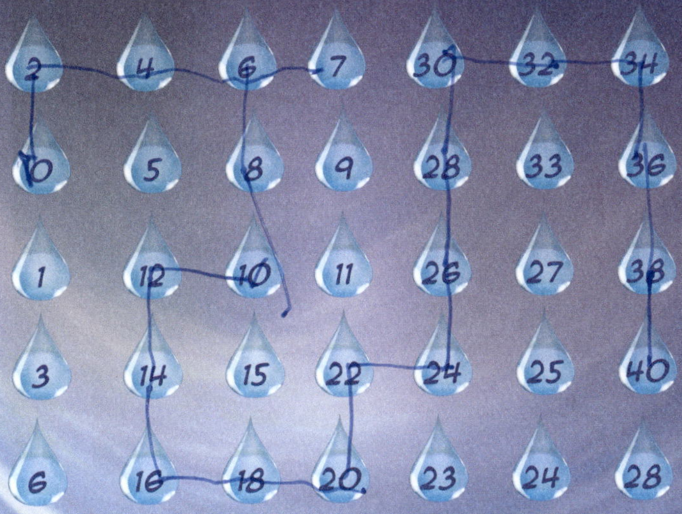


Malheureusement, Shimy a été prise au piège. Gryf, Danaël et Jadina doivent à tout prix arriver au bout des épreuves. Il leur reste peu de temps !

# Lumière !

ÉNIGM 3

La nouvelle pièce est vraiment très sombre. Jadina utilise son sortilège « Luzaria » pour illuminer les lieux. Gryf sait qu'il ne reste que peu de temps. Il prend Danaël par la cape. Il le fait tourner comme une toupie et l'envoie dans la pièce suivante.
Danaël crie...

**Ajoute les points d'interrogation ou d'exclamation à ses phrases :**

Danaël arrive sain et sauf dans la salle suivante. Seul...

# Enfin...

ÉNIGME 3

Danaël est enfin arrivé devant le Gardien. La mission est réussie même s'il est le seul à y être parvenu. Lorsque le Gardien tend la pierre de Crescia à Danaël, Vertig, l'oiseau compagnon d'Élysio se précipite et avale la pierre. Il se transforme et explique son histoire à Danaël.

**Transforme ces phrases à la forme affirmative pour retrouver son message :**

**Je ne suis pas l'ennemi de Darkhell.**

..........................................................................................

**Je ne me suis pas disputé la conquête d'Alysia avec Darkhell.**

..........................................................................................

**Je n'ai pas perdu le combat.**

..........................................................................................

**Darkhell n'a pas testé sur moi la pierre de Jovénia.**

..........................................................................................

Les Légendaires ont battu le Gardien mais ne sont pas parvenus à récupérer la pierre de Crescia.

# Courage !

ÉNIGME 3

Les Légendaires ont prouvé leur courage et leur bravoure, mais la pierre de Crescia est maintenant perdue à tout jamais. Ils vont devoir redoubler d'efforts pour trouver une solution à leur problème.
Une chose est certaine : maintenant qu'ils se sont retrouvés, ils ne se quitteront plus jamais !

# Le monde elfique

Les Légendaires font la connaissance des Fabuleux. Ces trois héros, Toopie, une petite fille très inventive, Michi-Gan, un ancien membre d'une troupe de cirque, véritable acrobate et Shaki, un guerrier très doué, viennent du royaume de Larbos.

*LES LÉGENDAIRES ET LES FABULEUX VONT UNIR LEURS FORCES POUR ACCOMPLIR UNE MISSION DE LA PLUS HAUTE IMPORTANCE !*

# En route !

ÉNIGME
4

Une lettre demande aux deux groupes de se rendre de toute urgence en pays elfique, qui est attaqué par un « mal » d'origine surnaturelle. Ils se mettent en route à bord d'un énorme bateau. Ils doivent obtenir une clé pour entrer dans le monde elfique, et pour cela réussir d'abord une épreuve d'observation !

**Parmi ces silhouettes de Piranhis sur leurs poissons volants, seuls deux sont identiques, à toi de les trouver !**

Bravo pour ton sens
de l'observation !

# Attaque de poissons volants !

**ÉNIGME 4**

À peine arrivés dans les eaux du monde elfique, les aventuriers sont attaqués par des poissons volants géants montés par des Piranhis. Ils doivent absolument les combattre.

**Calcule les doubles présents dans les poissons. Chaque calcul trouvé est un poisson que tu auras réussi à battre !**

Oui ! Tu as réussi ! Tu peux être fier de toi.

# Ding-Dong

**ÉNIGME 4**

Lors de l'attaque, Toopie montre aux Légendaires sa force. C'est une excellente inventrice qui s'est confectionné un robot de bois et d'acier lui permettant de sauter très haut et de combattre comme un super-héros. Elle entre alors dans la carcasse de son robot, le fabuleux Ding-Dong, puis s'élance !

**Code son déplacement avec des flèches à l'aide du quadrillage suivant :**

| | | | |
|---|---|---|---|
| → | ↓ | ↑ | ← |

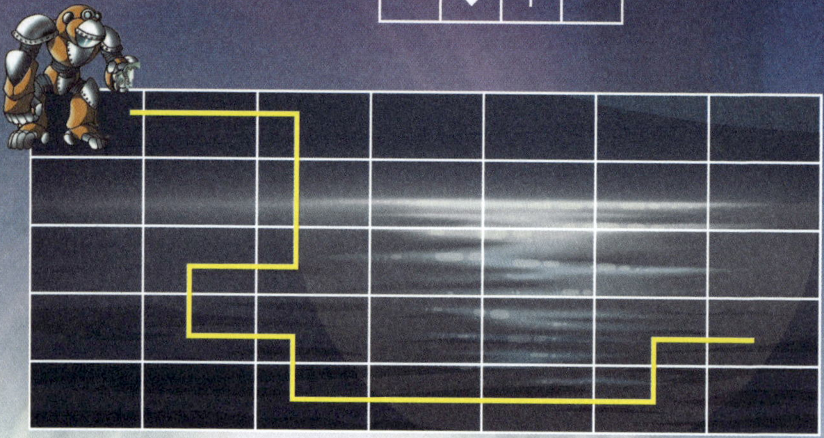

# Le bal

Énigme 4

Le roi Kash-Kash annonce aux Légendaires et aux Fabuleux qu'un mage a délivré le peuple elfique de la terrible maladie, mais que dorénavant, son peuple est en guerre contre les Piranhis, pourtant leurs alliés de toujours.
Le roi est heureux de voir les humains leur venir en aide, il organise un grand bal en leur honneur. Il fait confectionner un costume pour chacun d'eux, mais toutes les lettres se sont mélangées sur les étiquettes des costumes !

**Peux-tu aider Jadina, Danaël, Shimy et Razzia à prendre la tenue qui leur est destinée en remettant les lettres dans l'ordre ?**

NADAJI

JADINA

ENADAL

DANAEL

MIHSY

SHIMY

RAZIZA

RAZZIA

Bravo ! Tu as rempli ta mission !

# Un espion



Lors du bal, une des couturières essaie de s'en prendre au roi Kash-Kash. Les aventuriers réussissent à le mettre à l'abri ainsi que les convives.

L'ennemi n'est autre qu'un Piranhi ayant utilisé un talisman d'illusion pour se faire passer pour une des servantes du palais.

**Retrouve l'espion parmi tous ces Piranhis. Pour cela, barre chaque mot et son contraire. Le dernier présent sera l'espion.**

Tu as débusqué l'espion ! Les Légendaires te félicitent !

# À l'assaut des Piranhis

Après avoir découvert qu'Élysio était le mage venu en aide au monde elfique et que Darkhell était le sorcier noir qui avait pris l'île des Piranhis, les Légendaires et les Fabuleux décidèrent qu'ils allaient attaquer l'île dès le lendemain.

LE SOMMEIL FUT DIFFICILE À TROUVER POUR CHACUN D'EUX. DÉCOUVRE CE QU'ILS FONT DE LEUR SOIRÉE AVANT L'ATTAQUE !

# Le bain de Jadina

ÉNIGME 5

Jadina a besoin de se détendre avant une attaque. Elle a donc décidé de se prélasser dans un bon bain parfumé, au calme. Elle a apparemment mis beaucoup de mousse et les bulles volent !

**À toi de retrouver la couleur de chaque bulle suivant la famille à laquelle les nombres appartiennent.**

quarante = ●
cinquante = ●
soixante = ●
soixante-dix = ●
quatre-vingts = ●
quatre-vingt-dix = ●

Bravo !

# L'entraînement de Danaël

ÉNIGME 5

Danaël et Michi-Gan se sont isolés pour ne pas réveiller les habitants du palais et croisent le fer de leurs épées, puis jouent aux devins...

**Aide-les à deviner l'issue du combat : compte les boules, les pavés droits, les cubes, les pyramides et inscrit leur nombre ici :**

- cubes ☐
- pavés droits ☐
- pyramides ☐
- boules ☐

**Si le nombre total dépasse 17, c'est un bon présage !**

Bravo, un grand combat se prépare !

# La potion

ÉNIGM
5

Gryf et Élysio s'attellent à préparer une potion qui devrait leur venir en aide pour la bataille du lendemain. Ils sont dans les sous-sols du palais et sont vraiment très concentrés : ils manipulent des produits dangereux.

**Aide-les en remplissant de couleur chaque contenant avec le volume nécessaire :**

Les potions sont enfin prêtes ! Merci beaucoup pour ton aide.

# Le doudou décousu

**ÉNIGME 5**

Toopie pleure toute seule dans la nuit noire. Razzia s'approche d'elle et veut la consoler, qu'est-ce qui lui cause un si gros chagrin ?
Razzia va résoudre son problème, grâce à son nécessaire à couture !

**Réécris correctement les phrases que prononce Razzia.**

Zi z'est que za... Donne-le-moi ton doudou, ze vais te le réparer !

Par contre, za peut rezter entre nous ?

Pas si simple de décoder ce que dit Razzia... Bravo !

# À l'attaque !

Les Légendaires et les Fabuleux sont prêts à attaquer !
Gryf et Élysio ont terminé la préparation de la potion, tout le monde est sur le qui-vive ! C'est un grand jour ! Chacun sait qu'il va falloir être brave.

ES-TU PRÊT À SUIVRE LES LÉGENDAIRES ET LES FABULEUX ?

# La potion

ÉNIGME 6

Les Légendaires et les Fabuleux sont prêts à attaquer, à s'envoler vers la victoire ! Ils prennent la potion préparée avec soin par Gryf et Élysio.

**Sais-tu quel effet produit cette potion ? Écris chacune de ces phrases en séparant les mots, et ajoute la ponctuation nécessaire.**

illeurpoussedesailes

----------------------------

illeurpoussedescornes

----------------------------

illeurpoussedesgriffes

----------------------------

# La réconciliation

Les Elfes et les Piranhis sont enfin parvenus à se réconcilier et la guerre est donc bel et bien finie.

**Relie chaque épée à un sabre, chaque addition à son résultat.**

| | |
|---|---|
| 6 + 7 | 11 |
| 8 + 4 | 12 |
| 5 + 9 | 13 |
| 3 + 8 | 14 |
| 8 + 9 | 15 |
| 7 + 8 | 16 |
| 9 + 7 | 17 |

L'amitié, il n'y a que ça de vrai !
Les querelles ne mènent à rien.

# Direction Casthell

Il y a de très nombreuses années, alors que Les Légendaires ne se connaissaient pas encore, la princesse Jadina était fiancée à un jeune homme nommé Halan.

Aujourd'hui, ce prince revient sans crier gare demander de l'aide aux Légendaires. Il se passe quelque chose d'étrange à Casthell, l'ancienne forteresse de Darkhell.

Ils se mettent tous immédiatement en route, accompagnés d'Halan.

*ACCOMPAGNE-LES DANS CETTE EXPÉDITION ! ESPÉRONS QUE TU POURRAS LES AIDER À SURMONTER LES DÉFIS QUI LES ATTENDENT !*

# La course de volanthyls

ÉNIGME 7

Tout le monde sait que Danaël a un faible pour la princesse Jadina... Halan est un sérieux rival qu'il doit écarter. Les deux garçons décident de faire une course de volanthyls pour savoir qui sera le meilleur.

**Aide Danaël à gagner en se frayant un chemin au milieu des obstacles en coloriant tous les noms féminins.**

| | | | | |
|---|---|---|---|---|
| montagne | fleur | sable | chevalier | prince |
| océan | mer | rocher | colline | plage |
|  | princesse |  | bataille | monde |
| sabre | épée | bateau | forêt | champion |
| oiseau | course | attaque | cascade |  |

Danaël s'est faufilé avec une grande dextérité ! Merci pour ton aide.

# Prendre la mer

ÉNIGME 7

Les Légendaires et Halan sont montés à bord d'un magnifique bateau. Danaël tente de se repérer et de faire la liste des endroits dangereux à éviter.

**Aide-le en faisant la liste des coordonnées des lieux dangereux :**

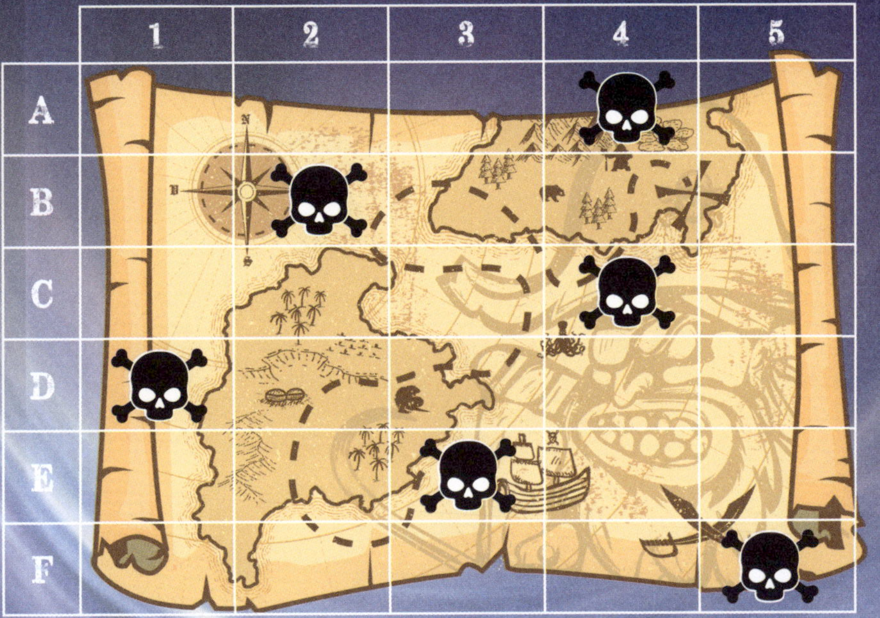


(... ; ...) (... ; ...)

(... ; ...) (... ; ...)

(... ; ...) (... ; ...)

Super ! Tous les obstacles ont été déjoués grâce à toi !

# À dos de chokapyks !

ÉNIGME 7

De retour sur la terre ferme, les Légendaires commencent la traversée des montagnes à dos de chokapyks. L'expédition est longue, et de nuit elle est encore plus effrayante. Après une pause, il faut remonter sur son chokapyk, mais impossible dans le noir total !

**Aide-les ! Range le prénom de chaque aventurier dans l'ordre alphabétique pour retrouver le chokapyk de chacun.**

**Danaël, Shimy, Gryf, Halan, Jadina, Razzia.**

1 ______________________

2 ______________________

3 ______________________

5 ______________________

6 ______________________

4 ______________________

Chaque aventurier a retrouvé son chokapyk. Bravo !

# Traversée dangereuse

ÉNIGME 7

Nos héros doivent maintenant traverser un pont très étroit au-dessus d'un lac de lave. Il faut éviter les pierres qui pourraient dégringoler ou les trous béants ! Jadina mène le groupe. Elle donne un nom très particulier à ce lieu. Sauras-tu le retrouver ?

**Mets ces mots au pluriel et décode le mot grâce aux couleurs des lettres.**

un lac → des _ _ _ _

le volcan → des _ _ _ _ _ _ _

ma montagne → mes _ _ _ _ _ _ _ _ _ _

ce pont → ces _ _ _ _ _

la caverne → les _ _ _ _ _ _ _ _

un oiseau → des _ _ _ _ _ _ _ _

la grotte → les _ _ _ _ _ _ _

_ _ _ _ _ _ _ _ LAND

Jadina invente vraiment de drôles de noms...

# Le danger

**ÉNIGME 7**

Arrivés à Casthell, les aventuriers font la rencontre d'un dangereux personnage : le capitaine Ceydeirom. Il a volé la temporhell, la machine à voyager dans le temps de Darkhell. Il attendait avec impatience le dernier morceau nécessaire pour la faire marcher : la pierre qui compose le bâton magique de Jadina. Il s'élance dans le vortex temporel. Les Légendaires ne peuvent pas le laisser faire et doivent le suivre.

**Pose et effectue ces opérations pour trouver le code à rentrer dans la machine :**

**53 + 28**

| | | |
|---|---|---|
| | 5 | 3 |
| + | 2 | 8 |
| | 8 | 1 |

**36 + 17**

| | | |
|---|---|---|
| | 3 | 6 |
| + | 1 | 7 |
| | 5 | 3 |

**9 + 62**

| | | |
|---|---|---|
| | | 9 |
| + | 6 | 2 |
| | 7 | 1 |

**74 + 19**

| | | |
|---|---|---|
| | 7 | 4 |
| + | 1 | 9 |
| | 9 | 3 |

81 - 53 - 71 - 93

Bravo !
Tu as trouvé le code !

# En route vers le passé !

Grâce à toi, les Légendaires sont parvenus à suivre Ceydeirom dans le passage temporel. Ils ne savent pas ce qui les attend, mais ils sont heureux de pouvoir être ensemble et de savoir que tu seras à leurs côtés pour veiller sur eux et les aider à résoudre les énigmes.

C'EST LE MOMENT D'EMPRUNTER LE PASSAGE TEMPOREL !

# La temporhell



La temporhell a parachuté les Légendaires plusieurs années dans le passé. Mais lors de leur chute, ils ont été séparés. Danaël, Shimy et Gryf sont tombés dans une forêt tandis que Jadina, Razzia et Halan sont toujours dans le temple.
Danaël fait alors la rencontre de son moi d'avant et doit l'empêcher de modifier le passé.

# L'enlèvement de Jadina

**ÉNIGME 8**

Danaël du passé poursuit un monstre qui a enlevé Jadina. Il est suspendu dans les airs avec Shimy, Gryf et Danaël du futur. Il faut absolument qu'ils se cramponnent pour ne pas tomber dans le vide !
Ils aperçoivent une forteresse volante et décident de se laisser tomber dedans, mais ils doivent d'abord résoudre l'énigme des pyramides d'additions.

**Complète ces pyramides d'additions.**

La chute a été moins difficile que prévu. Merci !

# La libération

**ÉNIGME 8**

C'est le jour où Danaël du passé doit rencontrer Jadina.
Si cette journée ne se passe pas, le futur changera complètement, les Légendaires n'existeront pas.
Alors qu'il doit la protéger, Jadina se fait enlever par Ténébris, la fille de Darkhell. Elle en veut à son bâton magique.

**Aide Danaël à rencontrer Jadina en coloriant un chemin de verbes :**

| | | | | |
|---|---|---|---|---|
| chanter | étoile | ciel | fermer | jouer |
| manger | bois | livre | frapper | gourde |
| courir | descendre | histoire | barrer | porte |
| pierre | appuyer | danger | combattre | mangeoire |
| gardien | marcher | danser | sauter | épée |

Grâce à toi, Danaël rencontre enfin Jadina. Le début des Légendaires est enfin gravé dans l'histoire.

# Rencontre avec Darkhell

ÉNIGME 8

Jadina et Razzia sont à Casthell et se font piéger par Darkhell en personne. Le Sorcier Noir n'est guère impressionné par ces enfants, ce qui met Razzia dans une colère noire. Il veut lui montrer sa force et détruit des briques du mur.

**Aide-le à ne taper que les briques qui ont un nom d'aliment en les coloriant.**

| | | | | |
|---|---|---|---|---|
| rôti | corneille | pomme | poulet | pirate |
| fleur | jambon | sauterelle | rocher | carotte |
| jardin | caillou | poireau | purée | fourchette |
| chou | cornichon | orange | assiette | riz |

Razzia était très en colère, n'est-ce pas ?

# Le cristal

Afin d'éviter qu'il n'arrive quelque chose à Jadina et à Razzia, le prince Halan s'attaque à Darkhell... Il attrape de la morve de Darkhellion et lui lance sur le cœur. L'effet est immédiat. Darkhell se transforme en un énorme cristal de glace.

**Colorie le cristal en respectant le code couleur.**

Darkhell paraît quand même moins dangereux dans cet état !

# Détruire la temporhell

ÉNIGME 8

La princesse Jadina a réussi à récupérer la temporhell et à la faire fonctionner. Elle va pouvoir retourner dans le présent ! Mais encore faut-il découvrir le code à rentrer...

**Pose et effectue ces opérations pour trouver le code à rentrer dans la machine :**

58 - 23

37 - 16

69 - 7

79 - 51

__ - __ - __ - __

Super ! Le code ! Merci pour ton aide.

# La boucle est bouclée

Les Légendaires sont revenus dans le présent. Jadina a détruit la temporhell pour qu'elle ne soit plus utilisée par personne. Leur retour dans le passé n'a laissé aucune trace. Ouf !

# La cité secrète des Jaguarians

Aube et Crépuscule sont les créateurs du monde. Ils ont donné pour mission aux Légendaires d'inverser les effets de la pierre de Jovénia en moins de deux semaines. Sinon... Ils détruiront le monde !

*EN ROUTE VERS LA CITÉ SECRÈTE !*

# Shun-Day

Shun-Day débarque dans la vie des Légendaires sans crier gare. Elle est élève à l'école des ninjas Kelbokuto et voudrait devenir l'apprentie de nos héros. Elle fait tout pour les aider dans les tâches du quotidien : elle pêche, elle nourrit le girawa... Est-ce qu'elle les aide vraiment ?

**Aide-la à calculer le poids de ses pêches :**

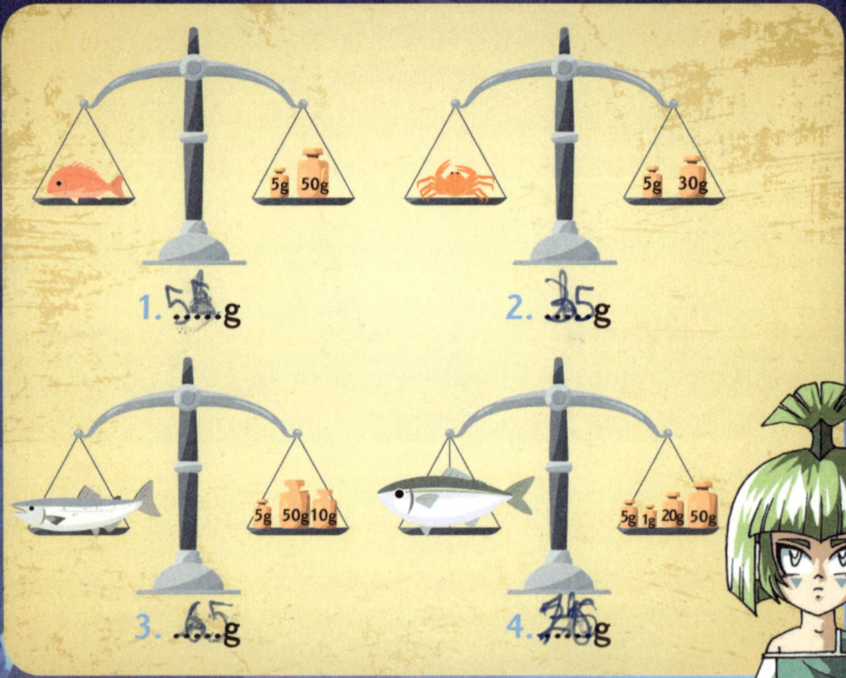


Je ne sais pas si ces poissons feront un grand festin, mais c'est déjà mieux que rien !

# Brrrr…

ÉNIGME 9

Les Légendaires doivent traverser une montagne dont ils ne connaissent pas le nom, ils savent juste qu'ils vont avoir très froid !!

**Trouve le nom de cette montagne en empruntant le labyrinthe, puis inscris-le dans le cadre.**

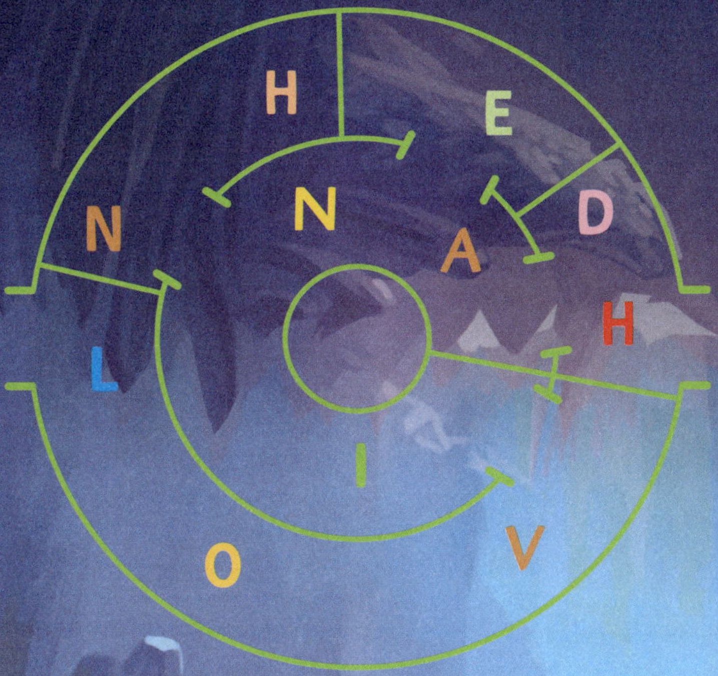


| L | O | V | I | N | A | H |
|---|---|---|---|---|---|---|

# Attaque de milksharks

ÉNIGME 9

Alors que les Légendaires sont en train de braver le froid, ils se font attaquer par des milksharks. Ces créatures chassent en meute dans la montagne de Lovinah. Elles savent « nager » dans la neige !
Les voilà à la poursuite de nos héros !

**Aide-les à traverser ce désert de glace en leur indiquant le bon chemin à suivre. Colorie tous les mots de la même famille que « froid ».**

| | |
|---|---|
| frais | froideur |
| froisser | froid |
| froide | froidement |
| refroidir | figer |
| refroidissement | neige |

Ouf ! C'était juste mais tu es parvenu à les sortir de ce péril !

# Des invités surprise

ÉNIGME 9

Gryf devient incontrôlable. Les Légendaires ne savent vraiment plus quoi faire. Ils sont au chaud dans une grotte mais Gryf est agité et s'en prend à ses camarades. Soudain, une flèche lui transperce le bras et il s'évanouit. Qui a bien pu faire ça ?

**Décode ce mot à partir de l'alphabet mystère :**

| | | | | | | | | | | | | |
|---|---|---|---|---|---|---|---|---|---|---|---|---|
| A | B | C | D | E | F | G | H | I | J | K | L | M |
| D | E | F | G | H | I | J | K | L | M | N | O | P |

| | | | | | | | | | | | | |
|---|---|---|---|---|---|---|---|---|---|---|---|---|
| N | O | P | Q | R | S | T | U | V | W | X | Y | Z |
| Q | R | S | T | U | V | W | X | Y | Z | A | B | C |

**NHO- FKD, OH IUHUH GH JULI**

→ ___-___, __ _____ __ ____

Tu pensais à lui ?
Étonnant,
n'est-ce pas ?

# À table !

Les Légendaires sont certes prisonniers, mais ils sont bien nourris, ce qui leur laisse à penser que leurs geôliers ne leur veulent pas de mal.

**À toi de déterminer la nourriture qu'il faut prévoir chaque jour pour eux, sachant qu'ils sont cinq.**

4 petits pains chacun : 

il faut chaque jour...20... petits pains.

3 cuisses de poulets chacun : 

il faut chaque jour...15...cuisses de poulet.

2 pommes chacun : 

Il faut chaque jour ...10....pommes.

Bravo ! Tu comptes vite !

MERCI D'AVOIR ACCOMPAGNÉ LES LÉGENDAIRES DANS LEURS AVENTURES, ET DE LES AVOIR AIDÉS À RÉSOUDRE CES ÉNIGMES ! À SUIVRE...

# Solutions

## La course de pomuts
P. 9

1 POINT    5 POINTS    10 POINTS

Le garçon aux cheveux rouges

Il a 28 points.

Danaël

Il a 31 points.

## Les boules de flammes
P. 10

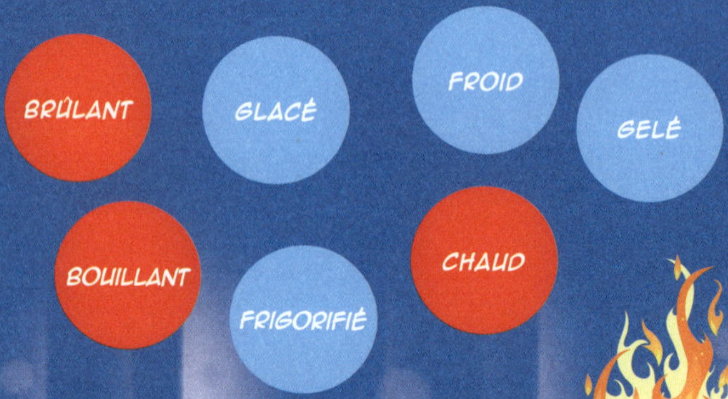

ÉNIGME 1

## Délivrer Razzia P. 11

9 - 4 + 2 = 7
5 + 4 - 8 = 1
3 + 6 - 1 = 8
2 + 7 - 5 = 4
6 - 3 + 4 = 7
6 - 4 + 7 = 9

Code du cadenas :

7 1 8 4 7 9

## L'île de Koléana P. 12

## Un enfant en danger P. 15

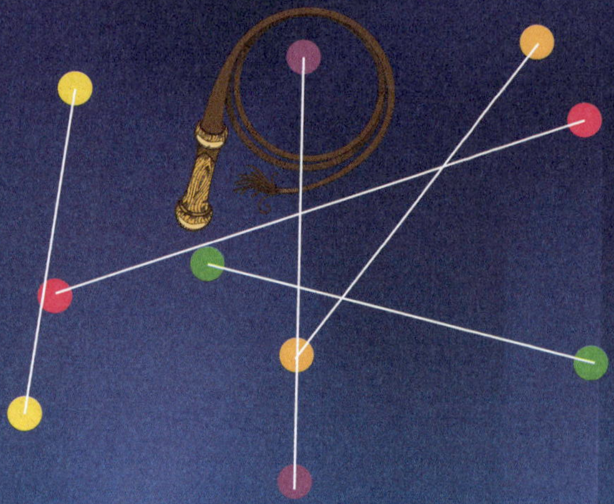

## Des abeilles tueuses ? P. 16

Tu pouvais former les mots :
boîte / porte / porche/ moulin / mouche / manche

## Les fleurs maléfiques P. 17

1 + 9 = 10

6 + 4 = 10

2 + 8 = 10

5 + 5 = 10

3 + 7 = 10

ÉNIGME 2

## Qui est vraiment Élysio ? P. 18

1 - ARBRE
2 - DINETTE
3 - ESCARGOT
4 - HISTOIRE
5 - KOALA
6 - LIMONADE
7 - LOCOMOTIVE
8 - RUCHE

Écris la première lettre de chaque mot à la bonne place :

| D | A | R | K | H | E | L | L |
|---|---|---|---|---|---|---|---|
| 2 | 1 | 8 | 5 | 4 | 3 | 6 | 7 |

ÉNIGME 3

## Ça se corse ! P. 21

- allez Vous très devoir rapides. être

Vous allez devoir être très rapides.

- parvenir Vous minutes pour au dix sommet. avez

Vous avez dix minutes pour parvenir au sommet.

- gardien Le sablier de minutes. ajoute dix un

Le gardien ajoute un sablier de dix minutes.

## Attention aux murs ! P. 22

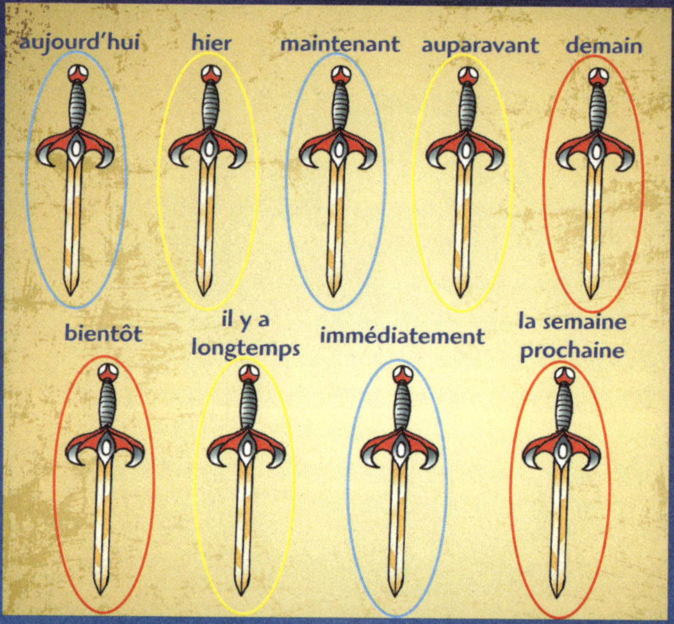


## De feu et d'eau P. 23

## Lumière ! P. 24

## Enfin... P. 25

- Je ne suis pas l'ennemi de Darkhell.

Je suis l'ennemi de Darkhell.

- Je ne me suis pas disputé la conquête d'Alysia avec Darkhell.

Je me suis disputé la conquête d'Alysia avec Darkhell.

- Je n'ai pas perdu le combat.

J'ai perdu le combat.

- Darkhell n'a pas testé sur moi la pierre de Jovénia.

Darkhell a testé sur moi la pierre de Jovénia.

## En route ! P. 28

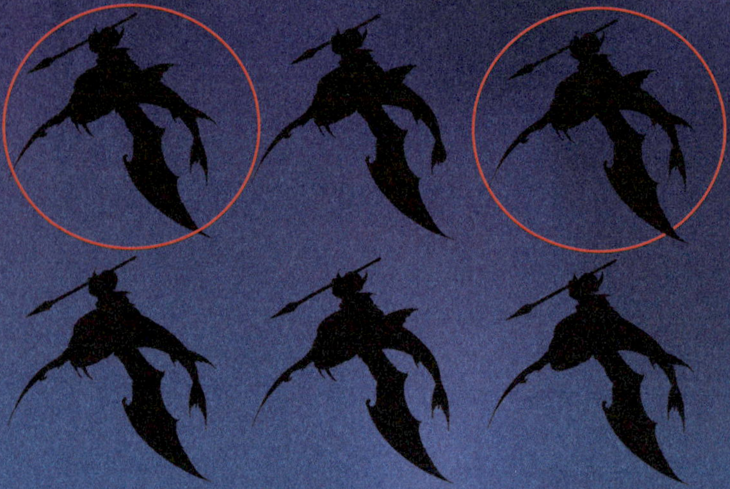

## Attaque de poissons volants ! P. 29

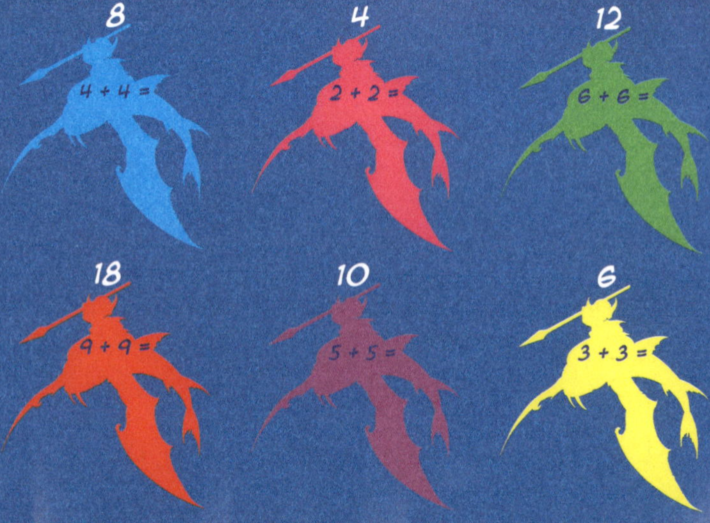

## Ding-Dong

P. 30

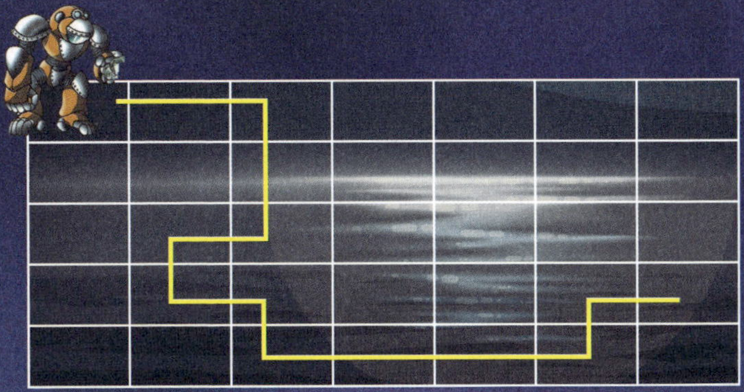

| | | | | | | | | | | | | |
|---|---|---|---|---|---|---|---|---|---|---|---|---|
| → | → | ↓ | ↓ | ← | ↓ | → | ↓ | → | → | → | ↑ | → |

## Le bal

P. 31

| NADAJI | ENADAL | MIHSY | RAZIZA |
|---|---|---|---|
| JADINA | DANAEL | SHIMY | RAZZIA |

## Un espion

P. 32

On pouvait faire les paires de mots contraires suivantes :
froid / chaud
gros / maigre
petit / grand
beau / laid
étroit / large
Le mot intrus était : confortable.

ÉNIGME 5

## Le bain de Jadina

P. 34

## L'entraînement de Danaël

P. 35

- cubes 5
- pavés droits 3
- pyramides 4
- boules 6

## La potion

P. 36

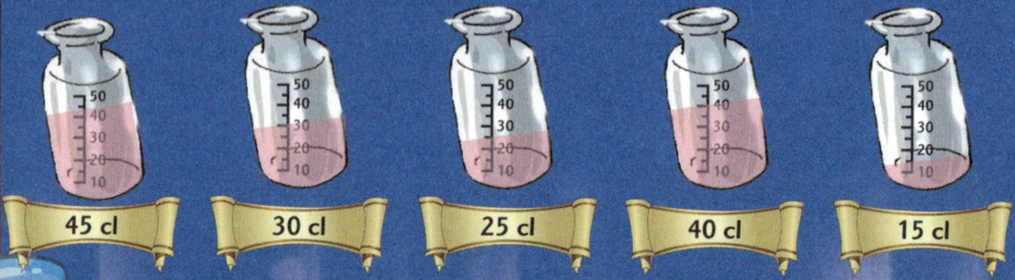

ÉNIGME 5

## Le doudou décousu P. 37

ÉNIGME 6

## La potion P. 39

illeurpoussedesailes

Il leur pousse des ailes.

illeurpoussedescornes

Il leur pousse des cornes.

illeurpoussedesgriffes

Il leur pousse des griffes.

## La réconciliation P. 41

ÉNIGME 6

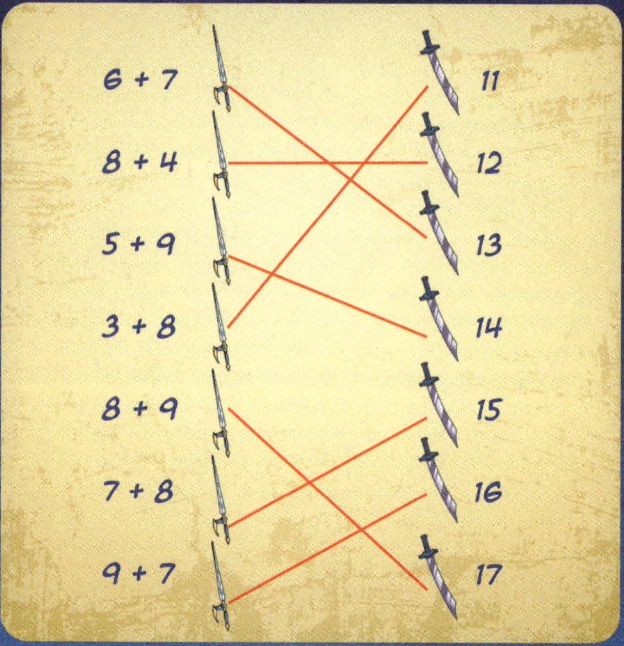


## La course de Volanthyls P. 42

ÉNIGME 7

| | | | | |
|---|---|---|---|---|
| montagne | fleur | sable | chevalier | prince |
| océan | mer | rocher | colline | plage |
|  | princesse |  | bataille | monde |
| sabre | épée | bateau | forêt | champion |
| oiseau | course | attaque | cascade |  |

## Prendre la mer

P. 43

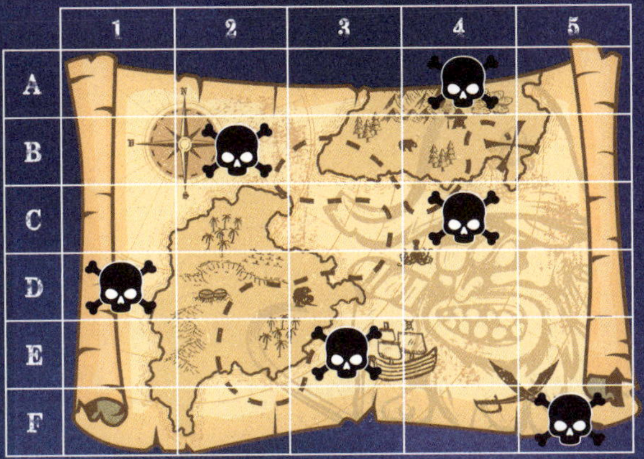


(A ; 4)
(B ; 2)
(C ; 4)
(D ; 1)
(E ; 3)
(F ; 5)

## À dos de chokapyks !

P. 44

1. Danaël
2. Gryf
3. Halan
4. Jadina
5. Razzia
6. Shimy

## Traversée dangereuse

P. 45

un lac → des l a c s
le volcan → des v o l c a n s
ma montagne → mes m o n t a g n e s
ce pont → ces p o n t s
la caverne → les c a v e r n e s
un oiseau → des o i s e a u x
la grotte → les g r o t t e s

CRAIGNOSLAND

## Énigme 7

# Le danger

P. 46

53 + 28

| | |
|---|---|
| 5 [1] | 3 |
| 2 | 8 |
| 8 | 1 |

36 + 17

| | |
|---|---|
| 3 [1] | 6 |
| 1 | 7 |
| 5 | 3 |

9 + 62

| | |
|---|---|
| | 9 |
| 6 [1] | 2 |
| 7 | 1 |

74 + 19

| | |
|---|---|
| 7 [1] | 4 |
| 1 | 9 |
| 9 | 3 |

Le code est :
81 – 53 – 71 - 93

## Énigme 8

# L'enlèvement de Jadina

P. 49

# La libération

P. 50

| | | | | |
|---|---|---|---|---|
| chanter | étoile | ciel | fermer | jouer |
| manger | bois | livre | frapper | gourde |
| courir | descendre | histoire | barrer | porte |
| pierre | appuyer | danger | combattre | mangeoire |
| gardien | marcher | danser | sauter | épée |

ÉNIGME 8

## Rencontre avec Darkhell

P. 51

| | | | | |
|---|---|---|---|---|
| rôti | corneille | pomme | poulet | pirate |
| fleur | jambon | sauterelle | rocher | carotte |
| jardin | caillou | poireau | purée | fourchette |
| chou | cornichon | orange | assiette | riz |

## Le cristal

P. 52

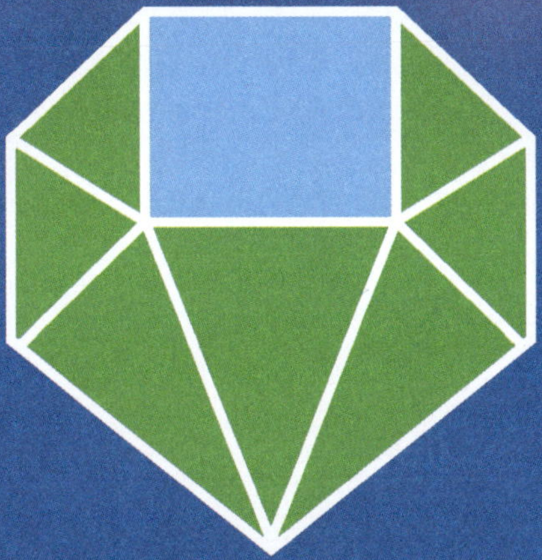

ÉNIGME 8

## Détruire la temporhell P. 53

58 – 23

| | |
|---|---|
| 5 | 8 |
| 2 | 3 |
| 3 | 5 |

37 – 16

| | |
|---|---|
| 3 | 7 |
| 1 | 6 |
| 2 | 1 |

69 – 7

| | |
|---|---|
| 6 | 9 |
| | 7 |
| 6 | 2 |

79 – 51

| | |
|---|---|
| 7 | 9 |
| 5 | 1 |
| 2 | 8 |

Le code est :
35 – 21 – 62 – 28

ÉNIGME 9

## Shun-Day P. 56

1. 55 g 5g 50g
2. 35 g 5g 30g
3. 65 g 5g 50g 10g
4. 76 g 5g 1g 20g 50g

## Brrrr... P. 57

Le nom de la montagne est : LOVINAH.

## Attaque de milkshark

P. 58

| | |
|---|---|
| frais | froideur |
| froisser | froid |
| froide | froidement |
| refroidir | figer |
| refroidissement | neige |

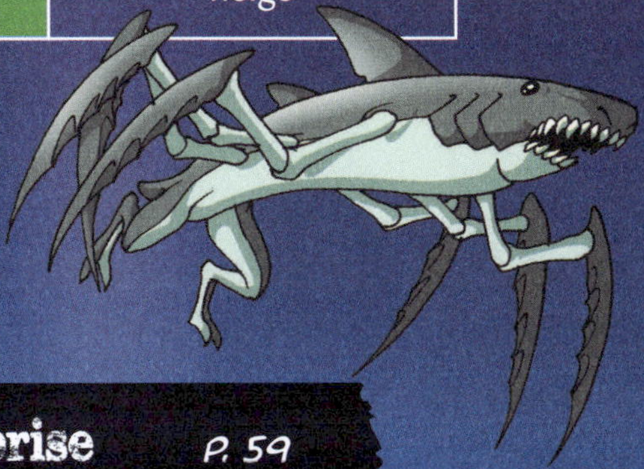

## Des invités surprise

P. 59

NHO- FKD, OH IUHUH GH JULI

→ KEL-CHA, LE FRÈRE DE GRYF

## À table !

P. 60

Il faut chaque jour :

4 petits pains chacun : 20 petits pains en tout.

3 cuisses de poulet chacun : 15 cuisses de poulet en tout.

2 pommes chacun : 10 pommes en tout.

Imprimé en Espagne par Gráficas Estella
Dépôt légal : janvier 2021 – 327639 / 02
N° de projet : 11047457– mars 2022